PHEROMO HOLIC

Wataru Nagi

Aus dem Japanischen von Christina Rinnerthale

Pheromoholic
ep1

Wenn er mich mit diesem Blick gefangen hält, kann ich mich ihm nicht widersetzen!

»Hüte dich vor den Löwen.«

Ständig musste ich mir das anhören und habe deswegen sogar meine Hitze unterdrückt...

... jemals mit einem anderen Männchen in so eine Situation zu kommen!

...! und doch eigentlich alles getan, um die Gefahr zu vermeiden...

Vor langer Zeit, als die Menschheit durch die Pest und andere Krankheiten an den Rand des Aussterbens gebracht wurde...

... vollbrachte sie etwas, worüber sich Alchemisten und Gelehrte schon in der Antike Gedanken gemacht hatten.

Wir sind sogenannte Chimären.

Es gelang in Humanversuchen, Gene von Tieren in Menschen einzupflanzen. Dies diente dem Zweck, Menschen stärker zu machen und vor dem Aussterben zu bewahren.

Heutzutage leben Menschen und Chimären Seite an Seite.

Bei unserer Art sind die Gene für Sex und Fortpflanzung besonders ausgeprägt.

Ich bin ein »Meerninchen«. Eine Chimäre, welche die Fruchtbarkeit von Kaninchen und die Gebärfähigkeit von Clownfischen, welche bei der Geburt alle männlich sind...

... in sich vereint.

KNIPS

KNIPS

KNIPS

KNIPS

KNIPS

Ich dachte,
Meerninchen
wären niedlich,
aber er ist ein-
fach nur cool.

Aaach,
unser
Towa ist
so toll!

SCHMIEG

Nimm
mich,
Towa~!

Okay,
wir sind
fertig!

KÜSS

KNIPS

KNIPS

KNIPS

Zu guter Letzt...

Ah, da ist er ja. Issei, hier drüben!

Hör mal, Towa, der vierte soll auch ein Löwe sein! Das ist doch mega!

Hm... Nanu...?

Ich hatte... viel Schlimmeres befürchtet...

Hä?

Ein Löwe?!

KYAH!

KYAH!

Waaah, Chihiro ist so cool!

Und niedlich auch!

Hallöchen!♡ Ich bin Chihiro!

Er ist ein Spross unserer Mutterfirma und hat sich schon während seines Auslandsstudiums erfolgreich als Model betätigt.

TUSCHEL

TUSCHEL

Nei...

Er hat diesen Agentur-Wechsel in die Wege geleitet.

Ich bin Issei Shishio.

Kyaa-aaah!

Nicht wahr!

Echt jetzt?!

Kyaa-aaah!

KWAAAKAAH!

KWAAAKAAH!

Kneift mich!

Es geht darum, die Menschen aus dieser deprimierenden Welt zu befreien, in der sie, von Eitelkeit und Täuschung gefangen, leben.

Oookay...

In einem Satz: »Nieder mit Selbstverstellung!«

K... Klar...

?

Das diesmalige Thema ist »Antikategorisierung und das Streben nach Gender ohne Grenzen«.

Du würdest Issei als Newcomer zur Seite gestellt.

...

Ganz einfach gesagt...

Gaaah!

Wir tun so, als hätten wir Sex.

Haha!

Du machst das zu kompliziert!

DODOM

I...

Issei!

...

So was. Interessante Reaktion.

Wird dir das als Grasmümmler zu viel?

SCHNAPP

PLITSCH

Hey, hey!

Oh.

Die Infusion ist auch durch, wie es aussieht.

... bereite ich einen Neutralisator vor. Bitte gehen Sie sicher, dass er den später nimmt.

Fürs Erste ...

...

Es würde ihm besser gehen, wenn er seiner Natur einfach ihren Lauf lassen würde...

... aber in der Nahrungskette sind sie weit unten.

Meerninchen sind zwar körperlich auf Penetration ausgelegt ...

Seien Sie nicht zu grob zu ihm.

Soso.

Sie sind ein sehr netter Doktor.

Pft.

Darum müssen Fleischfresser Pflanzenfresser vorsichtig behandeln.

SCHLUCK

...

N
h
...

PHEROMO HOLIC

Pheromoholic ep2

GRRP

Gnnh—

BUU—

huu—

KRE///SCH

Er ist so cool!

Einfach ein richtiges Männchen!

Towa ist so ein Hottie!

Towa!

KRE///SCH

WAAAH!

Ich würd so gern mit ihm gehen!

KRE///SCH

Ständig haben mich alle als coo- len Typen angehim- melt...

Ver- dammt noch mal...

Ah!

Ah!

GLTSCH

... und dann kommt dieser fragwürdige Kerl...

... mit so einer Art...!

... einfach so...

Aaah!

Aaah!

GLTSCH

TSCHLP

TSCHLP

GLTSCH

POFF

Dabei! War! Das! Für! Mich! ...

... Doch! Kom- plettes! Neu- land!

Mein erster Kuss!

Zum ersten Mal von jemandem berührt!

POFF

POFF

Dieser beschis- sene Kerl! Notgeiles Löwen- Pack!

POFF

FWOOOH

Gaaaaaah!

POFF

Und bei 'nem Fleisch- fresser- Männ- chen zu Hause!

Wenn ich ihn wieder- sehe, geh ich ihm an die Gurgel!

POFF

POFF

Darum können mir Sex und Liebe mein Leben lang gestohlen bleiben!

PIEP PIEP PIEP PIEP PIEP PIEP PIEP PIEP

WAMM DOON

PIEP PIEP PIEP

PIEP PIEP PIEP PIEP

PIEP PIEP PIEP

Du bist schon wach?!

MEEEE EH...

Ich bin seit 'ner Woche am Rande der Verzweiflung.

...

Ist alles in Ordnung? Bist du übermüdet? Du wirkst komisch.

ZUP

Gnn ...

In letzter Zeit bist du immer so früh wach...

Stimmung wie auf dem Friedhof bei dir.

Trotzdem...

Ryuto.

Ich will meine Arbeit als Model gut machen.

Du siehst ziemlich blass aus. Vielleicht solltest du dir frei neh...

Wa- rum sind nur...

... meine Gedan- ken so am Krei- sen...?

Issei ist mega gefragt, deswegen nie im Studio...

... und darum haben wir uns seitdem nicht mehr gesehen.

PAUSENRAUM

Braucht ihr alle 'ne Brille?

Hhn..

Hah..

Hah...

Hah...

Mmh...

Hnnm...

Tu's doch. Nimm mich mit zu dir nach Hause.

I...Ich bin so frei...

K... Komm rein.

Wollte nur das Licht anmachen!

FWAP

Wah!

KLICK

Das Licht...

K... Klar...

Herein-spaziert.

Nein.

Wir sollten erst mal den Schweiß abwa...

Zuerst sollten wir etwas essen.

SCHWARZWÄLDER KIRSCHTORTE

CURRYWURST & SAUERKRAUT

WOOOOOOW!!

EISBEIN

Ich werd nicht mehr, sieht das lecker aus!

WIENER SCHNITZEL

Sind das Gerichte aus Europa?

SPINATKLÖSSE MIT SPARGEL

Äh...

Mein Vater betreibt eine Model-Agentur, meine Mutter ist in der Chimären-Forschung tätig. Vor zehn Jahren sind wir dann umgezogen, weil Vaters Studio expandierte und Mutter ein Forschungsangebot bekam.

Ihr seid vier Brüder?!

Deine Familie ...?

Mein Vater, meine Mutter und meine drei Brüder, alles Löwen.

Wie er das Würstchen isst...

MAMPF

MAMPF

STOPF STOPF

Deutsch-land, ja.

Wie, vom Profi!

Ja, total!

Heh. Ich bin auch der beste Koch in unserer Familie.

Schmeckt es dir?

Aus Deutsch-land, ja.

Ich hau mal rein!

MAMPF

MAMPF

Hätte ich nie erwartet.

* PFLANZENFRESSER-CHIMÄREN ESSEN DAS GLEICHE WIE 'NORMALE' MENSCHEN.

Könnte ...

Oh... Nur meine Meer-ninchen-Väter und mein gro-ßer Bruder.

Und bei dir?

Ein Bru-der... Ah, der hatte angeru-fen...

... ich dich dann schwän-gern?

ZUCK

Stimmt ja, auch männliche Meerninchen können miteinander Kinder zeugen.

Vor zehn Jahren...

Kurz nachdem wir uns auf der Party der Pferde-Familie getroffen hatten?

Ich bin ein großer Verfechter von Safer Sex.

In meinem Umfeld gibt es genug leichtsinnige Spaßvögel...

Haha! Reinge-legt!

War nur ein Scherz.

BADUM

BADUM

BADUM

... aber bei mir läuft ohne Gummi nichts.

Beruhig dich, ich werd nix tun.

... heißt ja, dass ich irgendwie darauf gefasst war, dass es wieder so kommt...

Aber dass ich wieder hergekommen bin, nach dem, was beim letzten Mal passiert ist...

Was zum... Sind also doch alle Löwen nur schwanzgesteuert...?

Ein großer Verfechter von Safer Sex...

Haaah... Es riecht so gut, obwohl gar kein Badezusatz im Wasser ist.

Müssen Isseis Pheromone sein...

Ob wir Sex haben, wenn ich fertig gebadet habe?

So wie der Abend bisher verlaufen ist, werd ich sicher hier übernachten...

Hah...

muss aufhören...

Ich...

Ah...

Haaah...

In Wahrheit...!

... kann ich seitdem an nichts anderes mehr denken.

Ich will, dass er mich noch einmal so berührt...

Hah...

Mich treibt mein eigener Körper am allermeisten in den Wahnsinn...

AUDER

SNFF

FWAAH

Hm ...?

Was liegt hier in der Luft...?

SCHWUPP

FWAP

Was ...?

Pheromoholic ep3

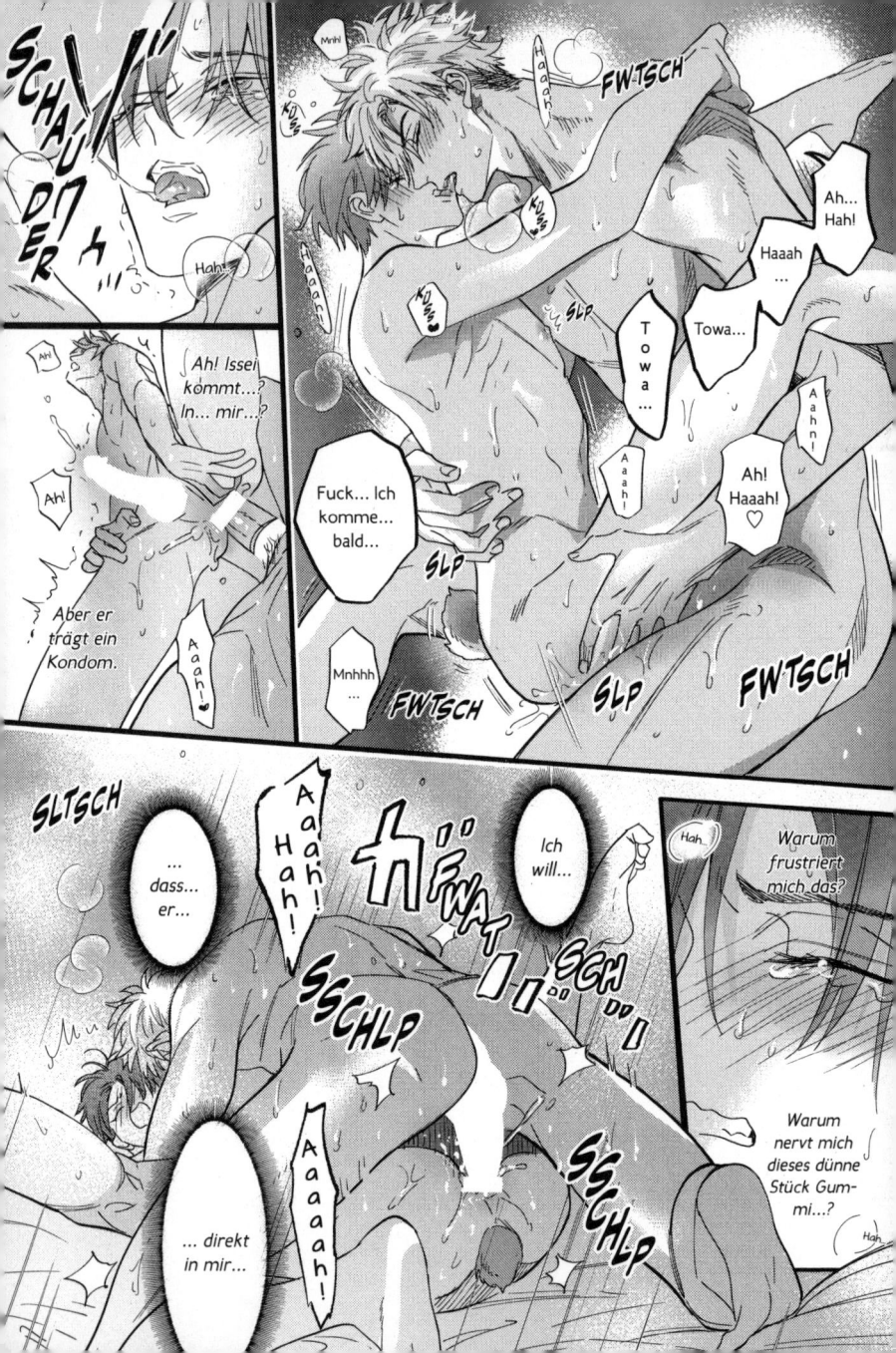

issei shishio

Milan collection

KLICK

KLICK

KLICK

KLICK

ISSEI SHISHIO

close up
issei
shishio

KLICK

KLICK

KLICK

Es war eine Feier des Towa-Pharma-unternehmens...

RASCHEL

SCHRECK

... als wir uns vor zehn Jahren das erste Mal trafen.

Hah!

Hah!

Hah!

Hah!

... und es wimmelte von großen Pflanzenfressern und Fleischfressern, die ich nicht kannte.

Da bist du ja.

Was für eine Chimäre bist du?

Oder ein Eichhörnchen?

Bist du ein Hase?

Ach so. Du bist mir ins Auge gefallen, also bin ich dir nach.

Ein Löwe!

M...Mir waren das nur zu viele Leute.

Die Pheromone der Raubtiere hatten mir ziemlich zugesetzt.

LÄCHEL

SWUSCH

W... W... Wieso...?

FLOMP

Alles okay? Dir ist vorhin doch wer ziemlich auf die Pelle gerückt.

N... Niedlich?!

Weil du so niedlich gewirkt hast.

Wah!

Wah!

Am nächsten Morgen.

Aaah... Den Tag kann ich knicken.

Haus verlassen wird heute nichts.

Mein Körper geht mir echt auf die Nerven.

Da hab ich meine Hitze und meine Gedanken kreisen währenddessen nur um einen Kerl...

Vielleicht ändert sich das, wenn ich mehr über ihn weiß...?

Meerninchen und Löwen sollen einander meiden.

Weil er ein Löwe ist, kann ich niemandem davon erzählen.

Sonst hieße es nur, mich mit ihnen einzulassen, wäre mein Untergang...

Und ich Vollidiot hab mit ihm eine rein sexuelle Beziehung begonnen...

Ich hab mich nicht in ein Männchen...

... sondern in einen Mann verliebt...

PHEROMO
HOLIC

Aber ein Störenfried ist aufgetaucht.

Eigentlich wollte ich nur im Bett bleiben und mich in meiner Wut und meinem Herzschmerz suhlen.

DO

DOM

Einer von den Tomas...!

Ich hab dich nicht gerufen!

Da kommt dein Zukünftiger extra hierher, um nach dem Rechten zu sehen, und du behandelst ihn so?

WOMP

Was willst du hier?!

Warum bist du einfach so hier aufgekreuzt?!

Was?

Mein Bruder? Der ist auf 'nem langen Shopping-Trip.

Und nenn dich nicht meinen Zukünftigen!

BUHHU BUHHU

Hikaru! Ich bitte dich!

FWUP

...

Wo ist Ryuto?

FWUP

MEL

Pah.

Euch Meerninchen könnte ich echt auf den Mond schießen.

GRUMMEL

Der Ältere ist egoistisch, der Jüngere vorlaut.

Ts.

Bisher hatte Towa null sexuelle Anziehungs- kraft.

Ist er wirklich so weit, dass er seine Hitze bekommt...?

Wie er... Also ... ...darüber denkt... weiß ich nicht.

Ah!

Aber dafür braucht man einen Partner, sonst wird das nichts.

HICKS

Liebschaften sind okay, den Mann zu heiraten, den man liebt, ebenso.

Das ist kein Zeit-vertre...!

Nur wenn die Liebe auch erwidert wird, kann das was werden.

... ge-spielt...

Vielleicht hat er... wirklich nur... mit mir...

KULLER

KULLER

Uns verbindet eine lange Bekanntschaft mit der Familie Toma...

Buhu—

Buh..

Buh

Mir ist auch ohne die große Liebe eine angenehme Zukunft sicher.

Würde einer von ihnen wen zur Hauptfrau nehmen, wären wir sein Zweitmann.

... also wurde ich mit dem jüngeren Sohn Hikaru verlobt und Ryuto mit dem älteren Sohn Yuni.

Haaah ...

Meine Eltern haben nach Gutdünken einen Partner für mich gewählt. Bei so einem Lebensplan hat die Liebe keinen Platz.

Emotionale Stabilität ist nicht so deins, was...?

Mit der Aussage bin ich echt ins Fettnäpfchen getreten.

Er gibt mir nicht mal die Chance, das Missverständnis zu klären...

Puh... Was für 'n Schlamassel.

Als Nächstes steht der 20-Uhr-Termin im Shinjuku-Studio an, also richte dich etwas.

Issei!

Okay.

Du versuchst ständig, wen zu erreichen. Hast du so was wie eine Beziehungskrise?

Kann man so sagen.

Die erste in meinem Leben.

Puh...

...

Ihr habt echt Ausdauer! ♡

Außer euch Löwen hält wirklich niemand dieses Arbeitspensum aus!

KLING
KLING
ZSCHHH

ZSCHHH

ZSCHHH

Wenn Ryuto checkt, dass ich von einem Löwen abgeholt werde, ist die Kacke am Dampfen!

SCHLEICH

SCHLEICH

SCHLEICH

KLICK

SWUPP

TAP
TAP
TAP

Ah...?

ICH!

!
BADUM

Jetzt hör mal her!

D... Danke.

Du kannst nicht einfach so aufkreu...

WUMM

FLOP

Du hast mir gefehlt.

Das waren vier lange Tage ohne dich.

Lass dich nicht mitreißen, Towa!

GAH!

Vergiss seinen verbalen Patzer nicht!

Hä?

Oh, ja.

Du hast mehr Farbe im Gesicht, alles wieder gut?

ZUCK

...

Oh... Ah...

SWIP

Lass mi...

Puh...

Haaah ...

Haha ...

I...

BADUM

BOFF

Er wirkt ziemlich erschöpft...

Hm?

... so gut aussehen?

Muss der...

Das freut mich.

Und morgen früh muss ich dann gleich on Location sein.

Geht nicht. Nach dem Shooting für »Homme Fatale« hab ich heute Nacht noch ein Einzelshooting.

Um meine Augenringe muss sich die Maske kümmern.

Da bleibt kaum Zeit zum Schlafen.

Nur ein Shooting nach dem anderen ohne Pause.

Nee, das nicht.

Ist was? Du siehst blass aus.

Da passt noch mit Müh und Not ein Nickerchen in der Agentur.

Nimmst du dir nie frei?

Bist du erkältet?

Ob er zurechtkommt?

O o

...obwohl sein Terminkalender so voll ist.

Er hat immer wieder versucht, mich zu erreichen...

Ist ja gefühlt in jedem Magazin ein Foto von ihm.

Urgs... Popularität hat echt ihren Preis.

Ein kleines bisschen kann ich ja lieb zu ihm sein...

Vicky

Men

... rechnet niemand.

Mit so einer Aussage vom König der Tiere...

Komischer Kerl.

IMPERIAL

Hat-schu!

HMM

...

Wie wär's?

Ein Drink!

Du, du, Häschen.

Lass uns was trinken gehen!

FWUP

LÄRM

Towa, Chihiro, ihr habt uns ein paar mega Posen geliefert!

Okay, wir sind fertig!

LÄRM

Ich bin sooo überarbeitet! Ich hätte sooo gern, dass sich wer um mich kümmert! ♥♥

Men-nooo

Hat-schu!

Hat-schu!

Nanu?

SCHNIEF

Gute Arbeit!

LÄRM

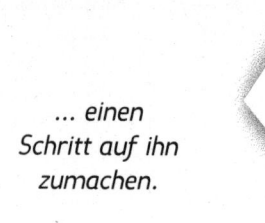
... einen Schritt auf ihn zumachen.

Ich hab's!

ZISCH

...

... und schläft danach in der Agentur.

Issei muss bis spät arbeiten...

Also will ich irgendwas für ihn tun!

ZITTER

Towa?

Gehst du nicht nach Hause?

ZISCH

Ich besetz mal die Teeküche!

TAP

TAP

TAP

DROGERIEMARKT

Warst du immer schon so Feuer und Flamme...?

Ich schlafe einfach auf dem Sofa in der Lobby!

Kannst du, aber der Pausenraum ist belegt.

Darf ich bitte über Nacht hierbleiben?!

WOS

BACON

SALZ

SCHH

Verdammt, auch keine Pfanne hier.

Fuck, das war mein Finger!

DOSCH

Dann hau ich sie mit der Schere kaputt!

Gah, es gibt kein Messer!

Als erstes die Kartoffeln!

Hehe, das sieht babyleicht aus!

Ääähm, ein einfaches deutsches Gericht, das sogar ein Meerninchen wie ich hinkriegt...

Hm.

In der Drogerie gibt's inzwischen sogar Kartoffeln.

Dann muss eben der Teekessel herhalten!

TSCHK

TSCHK

TSCHK

DOSCH DOSCH

Kann ich ja nachher einfach abwaschen.

DESCH KLENG

DESCH KLENG

Wie schwierig kann Kochen schon sein?

TEEKÜCHE

Auf ins Internet...

BRODEL BRODEL

KLICK KLACK

KLICK KLACK

Huch? Der schaltet sich ja automatisch ab, sobald das Wasser kocht...

ZUP

... hier drin!

Die Pasta koche ich...

WUCH WUCH

Mist, hab mir den Finger verbrannt!

Heiß!

FWOOOOOH

KOKEL KOKEL KOKEL

ZSCHHH

ZSCHHH

BRODEL BRODEL

Mist! Was denn jetzt ...?

Solange Liebe drin steckt ...!

Uaaah!

SPLISCH SPLISCH

Kipp ich halt kaltes Wasser rein, bevor's kocht.

Hah...

Wenn die Aufträge vorbei sind, werd ich keine Gnade mehr kennen.

Aber heute ...

... geb ich mich mit der Ninchen-Rolle zufrieden.

Mach dich darauf gefasst.

Hah...

... und meine Liebe zu ihm offen zulassen.

Ich will mutig sein...

... noch mehr Schmerz auf mich wartet, möchte ich ihn überwinden.

Auch wenn...

... der ersten Liebe etwas unsicher ist.

Soll mir nur recht sein.

Ich bin sicher nicht der Einzige, der am Anfang...

Pheromoholic 1 / ENDE

PHEROMO HOLIC

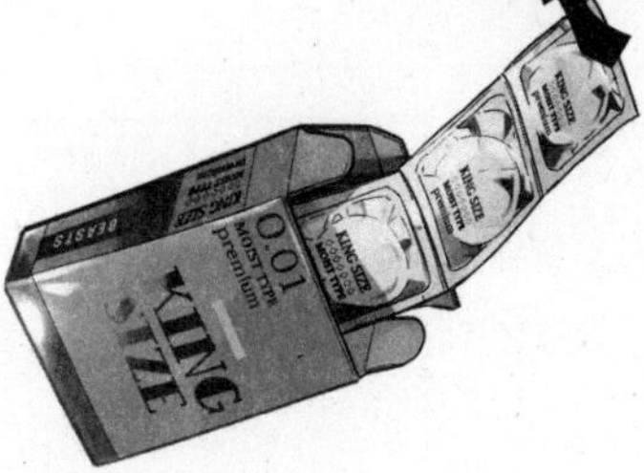

Das Motiv des Tattoos ist die Dämonin Lilith, um deren Körper sich eine Schlange windet. Hat er das machen lassen, weil unsere Namen ähnlich* klingen?

Lilith

Piep Piep Piep

* "Lilith" wird auf Japanisch „Ririsu" ausgesprochen.

Darum geht's nicht!

Der hat echt ein Tattoo! So fliegt er noch von der Schule...!

Das Fieberthermometer hat fertig gemessen.

Herr Mao!

Gah!

Piep Piep Piep

Piep Piep Piep

Piep Piep Piep

Ärger? Für wen denn?

Den erwischt noch jemand, wenn er sich Nacht für Nacht in die Schule schleicht. Und dann gibt's richtig Ärger.

Ts...

Ein Fehlschlag. Und ich hab extra Deo unter die Achseln gegeben.

STOP

Piep

36,5 Grad...

Alles im grünen Bereich.

* Orte, an denen sich schwule Männer für schnellen Sex treffen.

Ich weiß bestens Bescheid...!

Was ...?!

Du Kackbratze warst früher Mitglied einer Straßenbande...

... und bist doch nur Schularzt geworden, weil du mit einem der Vorstandsvorsitzenden der Schule verwandt bist.

Das ist aber seltsam.

Dabei habe ich doch seit gestern Abend Herzklopfen und leichtes Fieber, weil ich dich in einer Cruising-Area* gesehen habe...!

Aaadaaa-muuu!

KYAAAH!

Du bist sooo cool!

Das war sooo toll!

Beschissener perverser Lehrersack!

A...

Ada...

Haltet doch den Rand!

Heute wieder?! Penn nicht hier! Hau ab!

Sag's deinem Spiegelbild. Von wegen Sandkastenfreunde. Ich werd dich nur nicht los...

Ich hab Fieber.

Dann kurier dich zu Hause aus!

FLUMP

Was hast du mit meinem Klassenlehrer getrieben?

KLATSCH!

Mach schon. Setz dich her und sing mir ein Schlaflied.

Verarsch wen anderen.

PAT PAT

Ey... Abgesehen davon, dass ich dein Sandkastenfreund bin, spricht man so nicht mit 'nem Schüler.

G...Geht doch dich nichts an.

Koki Adamu (18) 12. Klasse

Ich hab schon im-mer nur dir gehört...

... Haut und Haar und Jung-fräulichkeit auch...!

Schon immer...? Aber doch nicht, seit wir uns kennen ...?

Aber... Na ja, was soll's...

Ich bin immer noch total verwirrt.

Aber da waren wir 3 und 8 Jahre alt?!

Auch wenn du mal in 'ner Gang warst und dein erstes Mal sicher schon hattest...

Doch.

Ich hab's für dich aufge-spart.

Mein erstes Mal.

In derselben Nachbarschaft aufgewachsen und deswegen Sandkastenfreunde.

... dass ich in Wahr-heit...

BADUM

?!

DRÜCK

Und ihm bei Gele-genheit sagen...

Jetzt muss ich mir erst mal die letzten zehn Jahre neu durch den Kopf gehen lassen.

... mein erstes Mal auch für diesen unwahr-scheinlichen Fall aufgespart habe.

ENDE

Nach dem Unterricht im Krankenzimmer...

KRANKENZIMMER

Adam und Lilith + Satan

... war mein neuer Freund dabei, sich einen Harem zuzulegen.

Waaaah!

Ririsu, du Spielverderber!

Darum mag dich niemand!

TAP
TAP TAP

Macht, dass ihr nach Hause kommt!

Kyah, erwischt!

Ihr! Schon! Wieder! Raus aus dem Bett mit euch!

Ich hab aber noch Fieber.

Du auch, Adamu!

...begann unser süßes, zärtliches Liebesleben.

—Dachte ich mir zumindest...!

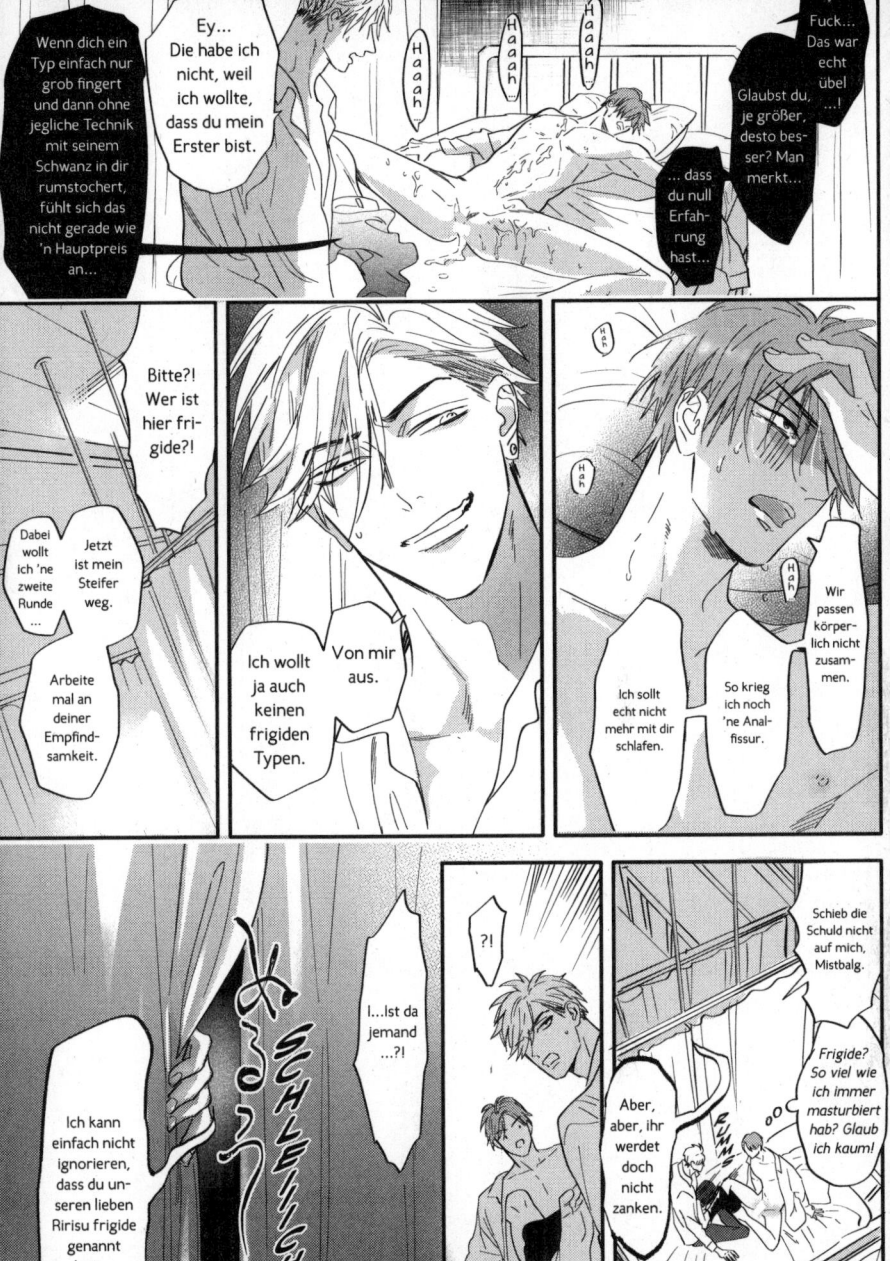

Ich bin der Einzige, mit dem er das machen darf...!

!

BEB   BEB   BEB

Vielleicht schau ich jetzt bei 'nem Cruising-Spot vorbei.

Gebt aufm Heimweg gut auf euch acht.

Und nicht mehr streiten, ja?

Hä?

Das habt ihr beide sehr gut gemacht.

PVP

Halt doch den Rand. Die Schlange hat mich dazu gebracht, das zu sagen.

Warst ja doch bis über beide Ohren in mich verknallt.

Ich lass nie wieder wen anderen an dich ran.

...aber ich schätze, uns hat sie dafür heute die Liebe gebracht.

Ihnen wurde damals von einer Schlange die Unschuld geraubt...

Es heißt, die Schlange, die Adam und Eva im Paradies dazu verleitete, Früchte vom Baum der Erkenntnis zu nehmen, sei Satan selbst gewesen.

Bis die Tage!

Wa... Herr Satan...?!

SCHLANGE

ENDE

PHEROMO HOLIC

Guten Tag, alle zusammen! Hier ist Wataru Nagi.
Vielen Dank, dass ihr Band 1 von »Pheromoholic« gelesen habt!

Ich finde Clownfische ja sehr niedlich, darum wollte ich vor Jahren mal mehr über sie herausfinden und habe dabei gelernt, dass Clownfische dichogam sind (Anm. d. Red.: Sie werden als Männchen geboren und erst später im Leben – bei Bedarf – zu einem Weibchen). Seitdem will ich eine Liebesgeschichte über einen Mann zeichnen, der diese Dichogamie mit den Eigenschaften meiner geliebten Kaninchen in sich vereint. Als Partner musste er dann unbedingt einen Löwen haben, die finde ich nämlich so richtig cool und männlich! Ich wurde mit dieser Idee mal in meinem Kopf warm und hab mir gedacht, dass ich mir für diese Story genug Zeit (und Seiten) nehmen möchte! Während ich dieses Setting in meinem Kopf also immer weiter anwachsen ließ, hatte ich mit meinem Redakteur ein Meeting über eine neue Magazin-Veröffentlichung. Dabei meinten wir zwei zufällig zur gleichen Zeit, dass es doch cool wäre, mal keine Menschen, sondern Chimären oder so zu zeichnen. Dann haben wir über Tage hinweg fiebrig die Details der Geschichte ausgearbeitet.

Kurz zum Aussehen von Issei und Towa. Die zwei Hauptcharaktere der Kurzgeschichte »Adam und Lilith«, die ich vor »Pheromoholic« gezeichnet habe und die in diesem Band inkludiert ist, haben mir wirklich gut gefallen. Ich fand auch, dass ihr Aussehen jeweils supergut zu einem Löwen und einem Kaninchen passen würde, sowie zu den Persönlichkeiten, die ich mir ausgedacht hatte. Also habe ich das Alter und die Berufe angepasst und somit die Basis für das jetzige »Isetowa«-Design (Issei und Towa) geschaffen.
(Bei »Adam und Lilith + Satan« war das Thema Immoralität. Auf den ersten Blick wirkt es wie eine Geschichte übers Fremdgehen, aber in Wahrheit geht es doch um eine sehr aufrichtige Liebe.)

Ich habe so viel über »Pheromoholic« zu erzählen, dass ich vermutlich nie aufhören würde zu schreiben. Aber fürs Erste hoffe ich einfach, dass ihr mitverfolgen werdet, wohin die Geschichte in Band 2 (der Isetowa-Abschlussband) führen wird. Ich würde mich sehr freuen, wenn ihr ihn lest!

Wataru nagi ♡

Isetowa

Ryuto

Kaninchen-Towa

Besonderer Dank geht an:

Alle Leser*innen!
Meinen Redakteur,
den Chefredakteur,
an alle Vertriebe,
die Produktionsleitung,
alle Mitarbeiter*innen des Verlags,
und die Druckerei

Shima SILO für das Design der Printausgabe!
Hachi Inami für das Design der Magazinveröffentlichung!

Alle, die an der Produktion beteiligt waren!

Alle, die mir beim Manuskript zur Hand gegangen sind:

Hintergründe ab Kapitel 4: S.
Rastern & Schwärzen: Minao
Hintergründe von Kapitel 3: Nishi Asai
Hilfe beim Rastern &
Schwärzen: Mizuka Miyamoto,
Y.F.
Flat Coloring: Nakatake

Vielen herzlichen Dank! ♡♡

BEI HAYABUSA

Du kannst mir nicht widerstehen *von Mataaki Kureno*

Der attraktive und gut gebaute Nitta führt ein ziemlich unauf-
geregtes Leben, bis plötzlich Mikajima, ein Scout für Schwulen-
pornos, auf ihn aufmerksam wird. Kann Nitta den dreisten
Annäherungsversuchen des gewieften Scouts widerstehen?

Tease me or Love me *von Noriko Kihara*

Der Privatdetektiv Asuna entdeckt ein kleines Café, dessen
Besitzer Kiyoshi ihn sofort mit seiner ruppigen, aber auch sehr
charmanten Art in seinen Bann zieht. Der Beginn einer knistern-
den Affäre…

Love and let die *von Sai Asai*

Die beiden knallharten Yakuzas Odajima und Kataoka befinden
sich auf einer blutigen Mission, die einen völlig anderen Verlauf
nimmt, als beide erwarteten. Ein Roadtrip, auf dem die Profi-
gangster auf die Probe gestellt werden.

What's Your Dirty Fantasy? *von Machiko Sugihara*

Aobas erotischer Einfallsreichtum kennt kaum Grenzen. Mit seinem Freund Miya hat er einen Partner an seiner Seite, der nur zu
gern seine kreativen und schmutzigen Fantasien teilt.

BOYS LOVE

Sayonara Red Beryl *von Atami Michinoku*

Japan im Jahr 1968: Nachdem der Vampir Kazushige ihm das Leben gerettet hat, fühlt Akihiko sich immer wieder zu dem mysteriösen Mann hingezogen. Noch nie hat er so intensive Gefühle für jemanden empfunden…

Midnight Delivery Sex *von Neneko Narazaki*

Der begehrte Nachtclub-Host Masafumi landet regelmäßig mit seinen Kundinnen im Bett – doch Spaß hat er daran schon länger nicht mehr. Mit dem Callboy Ryo lernt er eine ganz neue Art von Lust kennen… die Nächte in Tokyo werden heiß!

I Didn't Mean to Fall in Love *von Minta Suzumaru*

Erst zu seinem 30. Geburtstag traut sich ein attraktiver Geschäftsmann, in einer Schwulenbar erste sexuelle Erfahrungen zu sammeln. Doch er hat nicht damit gerechnet, dass der forsche Student Rou sein Herz erobern würde…

Ich will dich heute Nacht! *von Takiba*

Nach einem längeren Auslandsaufenthalt kehrt Kanzaki in seine alte Firma zurück und trifft dort auf einen neuen Mitarbeiter, der seinem alten Liebhaber wie aus dem Gesicht geschnitten ist. Zufall oder Schicksal?

BEI **HAYABUSA**

Fuck Buddy *von Hinako*

Ryo und Akanishi sind hungrig nach schnellem Sex und immer auf der Suche nach einer willigen Gespielin. Eines Tages läuft bei einem solchem Dreier etwas schief – und danach ist plötzlich nichts mehr so einfach wie vorher…

Birds of Shangri-La *von Ranmaru Zariya*

Apollo ist Hetero und mitten im Scheidungsprozess. Zeit für Veränderung! Die bekommt er durch einen neuen Job in einem Bordell namens Shangri-La. Er soll dort die männlichen Prostituierten in Stimmung bringen… aber Vorsicht! Verlieben verboten!

Die Rippe des Adam *von Atami Michinoku*

Yumas neuer Mitbewohner hat eine multiple Persönlichkeitsstörung. Während der Draufgänger Rei in der Nacht Yuma verführt, weiß der höfliche Kazuha am nächsten Tag nichts mehr davon…

Just Because I Love you *von Honoji Tokita*

Der Kriminelle Takeru hat sich in Teo verliebt, den einzigen, der jemals freundlich zu ihm war. Während Takeru sehr schüchtern ist, ergreift Teo unerwartet die Initiative. Kann diese Liebe trotz aller Schwierigkeiten bestehen?!

www.hayabusa-manga.de

BOYS LOVE

And Then I Know Love *von Honoji Tokita*

Nach einem Unfall muss Shogo seine Profifußballer-Karriere beenden und in einer Konditorei arbeiten. Dort verliebt er sich in seinen Chef, den ruhigen und immer höflichen Akira. Eines Tages merkt er, dass Akira auch ganz anders sein kann... und ergreift die Initiative!

Two Sides of the Same Coin *von Rou Nishimoto*

Yuji und Kou beginnen eine Affäre. Beide haben ein Scheißleben und mit Kindheitstraumata und allerlei psychischem Druck zu kämpfen. Es entwickelt sich eine innige Liebe, doch mittenrein stößt wie ein kalter Dolch eine unfassbare Nachricht, die alles zu zerstören droht...

FANGS *von Billy Balibally*

En wird von Vampiren gebissen und zurückgelassen. Ichii, ein Vampir der Organisation „FANGS", findet ihn und nimmt ihn unter seine Fittiche. Und das ist auch nötig, denn für einen unerfahrenen und gutaussehenden Vampir ist das neue Leben alles andere als einfach...

BEI HAYABUSA

Daisy Jealousy *von Ogeretsu Tanaka*

Misaki ist schon seit seiner Kindheit leidenschaftlicher Gamer und will als 3D-Artist seinem Traum näherkommen, bei der Firma Gold Games zu arbeiten. Sein größter Rivale im Studium ist der unnahbare Kaname, von dem Misaki total fasziniert ist. Als kurz vor Abgabe eines Projekts Kanames Daten gelöscht werden, bietet Misaki ihm seine Hilfe an... und merkt, dass hinter der arroganten Fassade noch viel mehr steckt.

vorläufiges Cover

Caligula's Love *von Atami Michinoku*

Der Lehramtsreferent Naruse besucht leidenschaftlich gern den exklusiven SM-Club »Basement«. Das angesagte Etablissement sichert seinen Mitgliedern volle Anonymität zu, so dass der zukünftige Lehrer sein masochistisches Faible ungeniert ausleben kann – und zwar mithilfe seines dominanten Gegenparts Doyama, ein wahrer Virtuose lustvoller Schmerzen.

vorläufiges Cover

Sharing Life *von Sattsu Kida*

Eita ist ein gewissenhafter Geschäftsmann, der sein Leben voll im Griff hat. Bis eines Tages Daisuke, sein Freund aus Kindertagen, vor seiner Wohnungstür steht und ihm erklärt, dass er bei ihm einzieht. Der wilde Freigeist Daisuke wirbelt Eitas Leben ziemlich durcheinander...

vorläufiges Cover

 # BOYS LOVE

Darling, Give me a Break! *von Minta Suzumaru*

Der in Italien geborene Kokoro zieht in ein kleines Dorf in Japan und wird dank seiner liebevollen Art sofort von allen Dorfbewohnern ins Herz geschlossen. Da er aber absolut keine Ahnung vom Landleben hat, sucht er immer wieder die Hilfe des ruppig-impulsiven Haiji, der dem Tollpatsch keinen Wunsch abschlagen kann. Doch was wird Haiji sagen, wenn er herausfindet, weshalb Kokoro wirklich nach Japan gezogen ist...?

vorläufiges Cover

vorläufiges Cover

Renaissance *von Mitsuaki Asou*

Der Polizist Habaki und der Schriftseller En sind zusammen im Waisenhaus aufgewachsen. En kämpft mit anormaler Pheromonsekretion. Nicht nur sein Partner springt darauf an, sondern auch andere Alphas. Schlimmer noch: En ist immun gegen die üblichen Hitzeblocker.

And Until I Touch you *von Honoji Tokita*

Shuhei ist schon seit seiner Kindheit in seinen Freund Kaoru, den ruppigen Sohn eines hochrangigen Yakuza, verliebt. Er versucht seine Gefühle zu verheimlichen, doch eines Abends wird Shuhei von Kaoru beim Masturbieren erwischt und es ist ziemlich deutlich, an wen er dabei gedacht hat...

vorläufiges Cover

:camera: hayabusa_manga   :bird: HayabusaTweets

OMEGAVERSE BEI HAYABUSA

Amaenbo Honey *von Kevin Tobidase*

Tsubame und Miyama sind Omega und Alpha – und trotzdem beste Freunde. Ständig messen sie sich in allen möglichen Disziplinen. Tsubame hat natürlich nie eine Chance gegen den stärkeren Alpha. Als einer ihrer Kämpfe dann zu hitzig wird und außer Kontrolle gerät, wird ihre Freundschaft auf eine harte Probe gestellt...

Megumi & Tsugumi – Alphatier vs. Hitzkopf
von Mitsuru Si

Tsugumi, ein Omega, hasst alle Alphas. Er glaubt, dass sie Omegas unterdrücken und ausnutzen. Deshalb verpasst er ihnen Abreibungen, wo er nur kann. Bei einer solchen steht er dem Alpha Megumi gegenüber – doch dieser ist ganz anders als die anderen Alphas...

Your Love is Mine *von Honoji Tokita*

Judoka Mochizuki und Karate-Kämpfer Ishio sind wie Hund und Katze. Streitigkeiten um die Nutzung der Sporthalle sind an der Tagesordnung. Doch finden die beiden sich trotz aller Rivalitäten voneinander angezogen...

He is my Destiny *von Hansode*

Obwohl Izumi ein Beta ist, scheint er bei Alphas sehr beliebt und verkehrt in deren Kreisen. An einem Abend mit Freunden im Club geht es ihm plötzlich nicht gut. Clubchef Hanazono kümmert sich um ihn. Sein Duft zieht Izumi sofort in seinen Bann und er kann sich vor erotischen Fantasien kaum noch retten...

www.hayabusa-manga.de 🅾 hayabusa_manga 🐦 HayabusaTweets

MIDNIGHT Sex
BEI HAYABUSA

Midnight Delivery Sex *von Neneko Narazaki*

Als begehrtester Host seines Clubs kann sich Masafumi über Frauenmangel nicht beklagen, hat jedoch immer weniger Spaß an den vielen Bettgeschichten. Ein befreundeter Barkeeper bestellt für ihn den Nummer 1 Callboy Ryo. Masafumi, der dachte, schon alles erlebt zu haben, lernt eine ganz neue Art von Lust kennen...

Midnight Clubbing Sex *von Neneko Narazaki*

Shota ist neu im Host-Business und rückt dank seines guten Aussehens schnell in die Top 10 des Clubs auf. Doch er hat ein peinliches Geheimnis: Er kommt viel zu schnell! Eines Abends trifft er auf den Chef eines Callboy-Businesses, der ihm verspricht, ihm ein paar Techniken zu zeigen, um seinen Höhepunkt weiter hinauszuzögern...

Midnight Secret Sex *von Neneko Narazaki*

Der begehrte Host Masafumi unterhält eine leidenschaftliche sexuelle Beziehung zu dem hochrangigen Callboy Ryo. Dieser gesteht ihm sogar seine Liebe, doch Masafumi weiß nicht, wie er reagieren soll. Und dann ist da noch der aufstrebende Star am Host-Himmel Kotetsu, der früher Ryos Kunde war und sich ihm gefährlich nähert...

Midnight Jealousy Sex *von Neneko Narazaki*

Masafumi und Ryo leben glücklich als Paar zusammen. Ryo hat seinen Job als Callboy aufgegeben und arbeitet nun an der Uni. Als Masafumi ihn dort abholt, wird Ryos Vorgesetzer auf ihn aufmerksam. Er hatte schon früher ein Auge auf den Host geworfen, und jetzt ist sein Jagdinstinkt geweckt...

www.hayabusa-manga.de   hayabusa_manga   HayabusaTweets

PHEROMO HOLIC ist eine japanische

Serie, die originalgetreu von »hinten« nach »vorne« und von rechts nach links gelesen wird! Schlagt das Buch also »hinten« auf und blättert Seite für Seite nach »vorne« weiter! Auch die Bilder und Sprechblasen werden von rechts oben nach links unten gelesen, wie es in der Grafik gezeigt wird! HAYABUSA wünscht gute Unterhaltung!

HAYABUSA
2022 Carlsen Verlag GmbH
Völckersstraße 14-20, 22765 Hamburg
Aus dem Japanischen von Christina Rinnerthaler
PHEROMO HOLIC vol.1
© Wataru Nagi 2020
Originally published in Japan in 2020 by Libre Inc., Tokyo.
German translation rights arranged with Libre Inc., Tokyo,
through TOHAN CORPORATION, Tokyo.
Original Cover Design: Miya Shima / SILO
Covergestaltung: Sonnenfisch Production – Laura Bartels
Redaktion: Julia Liebetraut
Herstellung: Lena Voigt
Alle deutschen Rechte vorbehalten
ISBN: 978-3-551-62263-1

SMELL THE FALCON'S PHEROMONES
www.hayabusa-manga.de
www.carlsen.de
hayabusa_manga
HayabusaTweets

MIX
Papier | Fördert
gute Waldnutzung
FSC® C083411

Wir produzieren nachhaltig

- Klimaneutrales Produkt
- Papiere aus nachhaltigen und kontrollierten Quellen
- Hergestellt in Europa